Papa,
erzähl mir deine Geschichte
Das Erinnerungsbuch zum Ausfüllen

Papa,
erzähl mir deine Geschichte

Das Erinnerungsbuch
zum Ausfüllen

www.larana-publishing.com

Einleitung

Hallo Papa,
Dieses Buch ist ein Geschenk für dich – und ein Schatz deiner Erinnerungen für deine Familie.
Wir sind gespannt auf alles, was du zu erzählen hast!

Lass uns gemeinsam in deine Welt eintauchen
Vielleicht lernen wir dich dadurch noch besser kennen.
In einigen Jahren können wir gemeinsam darin blättern, deine Geschichten lesen und staunen.

So beginnst du
Es gibt kein Richtig oder Falsch – keine Eile, kein Zwang. Falls dir mal der Platz ausgehen sollte – hinten im Buch gibt es extra Seiten für weitere Erinnerungen und Notizen.

Und wenn du mal bei einer Frage nicht weiterkommen solltest, ist das völlig in Ordnung – lass sie einfach leer. Niemand wird dir böse sein!

Ein kleiner Tipp:
Erinnerungen werden durch *Details* lebendig. Schreibe lieber: „der blaue Opel Kadett von 1985“ als nur „mein erstes Auto“. So werden deine Geschichten greifbarer.

Es zählt, was von Herzen kommt.
Dieses Buch ist so gestaltet, dass du dir keine Sorgen machen musst, etwas „falsch“ zu machen.

Zeichne, wenn du magst!
Lass der Kreativität freien Lauf. Strichmännchen sind willkommen!

Los geht's!
Deine Geschichte wartet darauf, erzählt zu werden – und wir können es kaum erwarten, sie zu lesen!

INHALT

Ein Bild für den Start

Klebe hier ein Bild ein, das dir etwas bedeutet – sei es ein gemeinsames Foto, ein lustiger Moment oder ein Bild, das dir ein Lächeln ins Gesicht zaubert.

Wo alles begann: Deine Familie

Wo alles begann: Deine Familie

Wer in deiner Familie war immer für einen Spaß zu haben?

Was war das Schönste an deinem Elternhaus, das dir immer in Erinnerung bleiben wird?

„Familie ist, wo das Leben seinen Anfang nimmt und die Liebe niemals endet."

Welche Charaktereigenschaften deiner Eltern hast du besonders geschätzt und wie haben sie dich geprägt?

Tipp: Auch kleine Erinnerungen können Großes bedeuten – notiere einfach, was dir spontan einfällt.

Wo alles begann: Deine Familie

Geschwister und Verwandte verändern unser Leben auf besondere Weise. Welche Momente mit ihnen wirst du niemals vergessen?

Beschreibe den Ort, an dem du aufgewachsen bist – wie sah es dort aus?

„Jeder Mensch trägt eine Geschichte in sich – die wertvollsten sind die, die wir mit unseren Liebsten teilen"

Welcher Familienausflug zaubert dir noch heute ein Lächeln ins Gesicht?

Gab es einen Spitznamen in deiner Familie, der so komisch war, dass er heute noch für Lacher sorgt?

Wo alles begann: Deine Familie

Wie würdest du die Atmosphäre in deinem Elternhaus beschreiben?

- ☐ Lebhaft und voller Lachen
- ☐ Ruhig und friedlich
- ☐ Streng und diszipliniert
- ☐ Kreativ und spontan
- ☐ Andere: ______________________________

Welche Familientradition hast du am meisten genossen?

- ☐ Familienurlaube
- ☐ Gemeinsames Kochen/Backen
- ☐ Spieleabende
- ☐ Geburtstage besonders feiern
- ☐ Andere: ______________________________

Wen in deiner Familie hast du immer um Rat gefragt?

- ☐ Mutter
- ☐ Vater
- ☐ Oma
- ☐ Opa
- ☐ Andere: ______________________________

Wo alles begann: Deine Familie

Welche Rolle hattest du in der Familiendynamik?

- ☐ Friedensstifter
- ☐ Komiker
- ☐ Träumer
- ☐ Abenteurer
- ☐ Andere: ______________________________

Welche Art von Gesprächen waren in deiner Familie am häufigsten?

- ☐ Lustige Anekdoten und Geschichten
- ☐ Tiefgehende Diskussionen über das Leben
- ☐ Klatsch und Tratsch über Bekannte und Verwandte
- ☐ Motivierende Gespräche über Träume und Ziele
- ☐ Andere: ______________________________

Was war eine Aktivität, die alle in der Familie genossen haben?

- ☐ Brettspiele
- ☐ Fahrradtouren
- ☐ Filmabende
- ☐ Sonntagsfrühstücke
- ☐ Andere: ______________________________

Wo alles begann: Deine Familie

Welche wichtigen Erfahrungen oder Lektionen hast du durch das Zusammenleben in deiner Familie gelernt und gab es etwas, das du später selbst angewandt hast?

Welches Getränk gab es bei euch immer Zuhause?

Welche Rolle haben deine Großeltern oder ältere Verwandte in deinem Leben gespielt?

Es geht nicht um perfekte Antworten, sondern um deine Gefühle und Erinnerungen – schreibe einfach von Herzen.

Wo alles begann: Deine Familie

Wie habt ihr Tage wie Weihnachten, Geburtstage oder Familienfeste gefeiert?

Welche Tradition in deiner Familie hast du immer geliebt?

Welches Familienmitglied hat dich immer am besten verstanden, egal was passiert ist?

Hatte deine Familie lustige Eigenheiten oder kleine Rituale?

Wo alles begann: Deine Familie

Welche Momente mit deiner Familie zählen zu den Schönsten?
Zähle einige auf oder beschreibe ein Erlebnis ausführlich.

Wo alles begann: Deine Familie

Gibt es noch etwas über deine Familie, das dir besonders wichtig ist und das du gerne festhalten möchtest? Nutze den Platz für alles, was du bisher noch nicht erzählt hast.

Falls du ein Familienfoto übrig hast, ist hier der Platz dafür.

Wo alles begann: Deine Familie

Zeichne, kritzle, skizziere – alles, was dir zu deiner Familie einfällt, findet hier seinen Platz:

Inspiration: Elternhaus, Familienporträt, Familientradition, Kinderzimmer, Lieblingsort der Familie, Haustier...

Deine Kindheit

Deine Kindheit

Was ist deine früheste Erinnerung? Kannst du dich an einen Moment oder ein Gefühl erinnern, das dir besonders geblieben ist?

Wer war dein erster Freund oder deine erste Freundin und wie habt ihr euch kennengelernt?

„Die Kindheit ist der Boden, auf dem wir unser ganzes Leben lang stehen.“ – Astrid Lindgren

Welche Jahreszeit verbindest du mit deiner Kindheit – und was hast du an ihr am meisten geliebt?

Deine Kindheit

Welche lustige oder verrückte Kindheitsgeschichte bringt dich heute noch zum Lachen, wenn du daran denkst?

Hattest du einen besonderen Traum, was du einmal werden wolltest?

„Manchmal sind die kleinsten Abenteuer die wertvollsten Erinnerungen.“

Womit konntest du dich als Kind stundenlang beschäftigen?

Gibt es Gerüche oder Geräusche, die dich direkt zurück in deine Kindheit versetzen?

Deine Kindheit

Was war dein liebster Zeitvertreib an einem regnerischen Tag als Kind?

- ☐ Bücher lesen
- ☐ Deckenburgen bauen
- ☐ Malen oder Zeichnen
- ☐ Brettspiele/Kartenspiele spielen
- ☐ Andere: ______________________________

Welche Art von Spielen hast du als Kind am liebsten gespielt?

- ☐ Fangen oder Verstecken
- ☐ Brettspiele oder Puzzles
- ☐ Rollenspiele
- ☐ Fußball oder Basketball
- ☐ Andere: ______________________________

Was war deine Lieblingsaktivität im Kindergarten?

- ☐ Kunst und Basteln
- ☐ Vorlesezeit
- ☐ Spielen im Freien
- ☐ Singen oder Musik
- ☐ Andere: ______________________________

Deine Kindheit

Wo hast du dich als Kind geborgen und rundum wohl gefühlt?

- ☐ In meinem Schlafzimmer
- ☐ Im Wohnzimmer mit der Familie
- ☐ Bei meinen Großeltern
- ☐ In der Natur, wie einem Park oder Wald
- ☐ Andere: ______________________

Was war dein liebstes Einschlaf-Ritual?

- ☐ Eine Geschichte hören
- ☐ Mit einer speziellen Decke eingekuschelt werden
- ☐ Musik oder Schlaflieder hören
- ☐ Mit dem Fernseher einschlafen
- ☐ Andere: ______________________

Was war deine liebste Aktivität nach der Schule?

- ☐ Mit Freunden spielen
- ☐ Fernsehen oder Videospiele spielen
- ☐ Bücher lesen oder Comics durchblättern
- ☐ Ein Musikinstrument spielen
- ☐ Andere: ______________________

Deine Kindheit

Welche Gerichte oder Speisen erinnern dich sofort an deine Kindheit, und gibt es dazu eine besondere Geschichte oder einen Grund?

Welche Haustiere oder Tiere in deiner Umgebung haben dich als Kind besonders fasziniert?

Welches Abenteuer hast du als Kind erlebt, das du nie vergessen wirst?

Deine Kindheit

Was hast du dir als Kind sehnlichst gewünscht – und ging dieser Wunsch in Erfüllung?

Erinnerst du dich an einen Moment, der deinen Blick auf die Welt verändert hat?

Gab es ein besonderes Spielzeug, das dir viel bedeutet hat?

Was war das komischste „Verbot", das deine Eltern dir als Kind auferlegt haben?

Deine Kindheit

Welche Erinnerungen aus deiner Kindheit möchtest du niemals vergessen – und warum?

Deine Kindheit

Welche Familientraditionen oder kleinen Rituale möchtest du unbedingt weiterleben lassen?

Ein Bild, das diesen Abschnitt deines Lebens widerspiegelt.

Deine Kindheit

Zeichne, kritzle, skizziere – alles, was dich an diese Zeit erinnert, findet hier seinen Platz:

Inspiration: Lieblingsspielzeug, Kuscheltier, bester Freund, Spielplatz, erstes Fahrrad, Kindheitserinnerung...

Deine Schul- und Jugendzeit

Welcher Moment aus deiner Schulzeit zaubert dir auch heute noch ein Lächeln ins Gesicht, wenn du an ihn denkst?

An welches besondere Schulereignis – wie einen Ausflug oder eine Abschlussfeier – erinnerst du dich gern?

„Man kann die Zeit nicht zurückdrehen, aber die Erinnerungen daran immer wieder erleben."

Welches Hobby oder welche Leidenschaft aus deiner Jugendzeit hat dich geprägt und begleitet dich vielleicht sogar bis heute?

Deine Schul- und Jugendzeit

Welche Träume und Wünsche hattest du in deiner Jugend für dein späteres Leben?

Gibt es bestimmte Musik, Filme oder Bücher, die dich während deiner Jugend besonders bewegt haben?

*„Träume groß, entdecke die Welt,
und verliere nie das Kind in dir."*

Welche Rolle haben deine Freunde in deiner Jugend gespielt?

Welche Fächer hast du in der Schule nicht gemocht?

Deine Schul- und Jugendzeit

Was war dein liebster Teil des Schultags?

- ☐ Vor der Schule treffen
- ☐ Kleine Pause
- ☐ Mittagspause
- ☐ Nach Hause gehen
- ☐ Andere: ______________________________

Wie würdest du deine Freundesgruppe in der Schule beschreiben?

- ☐ Die Beliebten
- ☐ Die Streber
- ☐ Die Sportler
- ☐ Die Kreativen
- ☐ Andere: ______________________________

Welche außerschulische Aktivität hast du am meisten genossen?

- ☐ Sport
- ☐ Musik oder Band
- ☐ Theater oder Schauspiel
- ☐ Pfadfinder oder Jugendgruppen
- ☐ Andere: ______________________________

Deine Schul- und Jugendzeit

Was war deine größte Herausforderung in der Schule?

- ☐ Mit den Hausaufgaben Schritt halten
- ☐ Mit Prüfungen umgehen
- ☐ Schule und Privatleben balancieren
- ☐ Mathematik
- ☐ Andere: ______________________________

Wie hast du deine Wochenenden während der Schulzeit verbracht?

- ☐ Lernen
- ☐ Mit Freunden abhängen
- ☐ Sport oder Hobbys
- ☐ Entspannen und Fernsehen oder Spiele spielen
- ☐ Andere: ______________________________

Wer war dein Vorbild während deiner Schulzeit?

- ☐ Ein Lehrer
- ☐ Ein Familienmitglied
- ☐ Eine berühmte Persönlichkeit
- ☐ Ein Freund
- ☐ Andere: ______________________________

Deine Schul- und Jugendzeit

Gab es eine Lehrerin oder einen Lehrer, der dir nicht nur Wissen, sondern auch wichtige Lebensweisheiten mitgegeben hat? (Alternativ eine lustige Schul-Geschichte)

Gab es eine Person in deiner Jugend, die dich beeinflusst hat?

Was war ein Wendepunkt in deiner Jugendzeit, und wie hat er dich verändert?

Deine Schul- und Jugendzeit

Wie bist du in deiner Jugendzeit mit schwierigen Momenten oder Veränderungen umgegangen?

Wenn du einen einzigen Tag deiner Jugend noch einmal erleben dürftest – welchen würdest du wählen und warum gerade diesen?

Gibt es einen Song, den du mit deiner Jugend verbindest?

Welche Weisheit, die du in deiner Jugend gelernt hast, ist dir besonders wichtig für kommende Generationen?

Deine Schul- und Jugendzeit

Welche Erlebnisse aus deiner Jugend möchtest du niemals vergessen, weil sie dich zu dem Menschen gemacht haben, der du heute bist?

Deine Schul- und Jugendzeit

Wenn du deiner jüngeren Version einen Rat geben könntest – welcher wäre es, und warum genau dieser?

Ein Bild, das diesen Abschnitt deines Lebens widerspiegelt.

Deine Schul- und Jugendzeit

Zeichne, kritzle, skizziere – alles, was dich an diese Zeit erinnert, findet hier seinen Platz:

Inspiration: Schulweg, Klassenzimmer, Lieblingsfach, Schulranzen, Jugend-Lieblingsort, Freunde...

Beruf, Liebe und Familie

Wie hast du deinen ersten Job gefunden und wie hast du dich dabei gefühlt?

Wer oder was hat dich auf deinem beruflichen Weg am meisten unterstützt?

„Das Leben wird nicht durch Pläne bestimmt, sondern durch die Wege, die wir mutig einschlagen.“

Gab es eine Entscheidung in deinem Berufsleben, die dein Leben stark beeinflusst hat?

Beruf, Liebe und Familie

Wenn du heute nochmal die Chance hättest, würdest du in deinem beruflichen Lebensweg etwas anders machen?

Gibt es einen beruflichen Erfolg, auf den du speziell stolz bist?

„Der erste Schritt in die richtige Richtung ist oft der schwerste – doch er führt zu Großem."

Gab es einen Mentor oder eine Person, die dich begleitet hat?

Wie viele verschiedene Arbeitsstellen hattest du?

Beruf, Liebe und Familie

Was motiviert/e dich am meisten an deinem Beruf?

- ☐ Finanzielle Stabilität
- ☐ Persönliches Wachstum und Lernen
- ☐ Einen Unterschied machen
- ☐ Anerkennung
- ☐ Andere: ____________________

Welcher Moment in deiner Karriere hat dich am meisten geprägt?

- ☐ Mein erster Arbeitstag
- ☐ Eine schwierige Entscheidung, die ich treffen musste
- ☐ Ein unerwarteter Erfolg
- ☐ Ein Fehler, aus dem ich gelernt habe
- ☐ Andere: ____________________

Welchen Rat findest du am besten?

- ☐ „Setze klare Grenzen zwischen Arbeit und Zuhause“
- ☐ „Folge deiner Leidenschaft, nicht dem Geld“
- ☐ „Nimm dir Zeit für dich selbst“
- ☐ „Kommunikation ist der Schlüssel“
- ☐ Andere: ____________________

Beruf, Liebe und Familie

Welche Rolle spielt deine Familie in deinem Alltag?

- ☐ Sie gibt mir Halt und Sicherheit
- ☐ Sie fordert mich manchmal heraus
- ☐ Sie inspiriert mich, besser zu sein
- ☐ Sie ist mein Rückzugsort
- ☐ Andere: ______________________

Wie hast du Beruf und Familienleben balanciert?

- ☐ Ich habe die Familie über den Beruf gestellt
- ☐ Ich habe Arbeit und Zuhause strikt getrennt
- ☐ Ich habe, wenn möglich, meine Familie in meine Arbeit einbezogen
- ☐ Ich musste sie nicht groß balancieren
- ☐ Andere: ______________________

Wie bist du mit beruflichem Stress umgegangen?

- ☐ Mit Kollegen sprechen
- ☐ Sportlich aktiv sein
- ☐ Pausen oder Urlaub nehmen
- ☐ Hobbys außerhalb der Arbeit nachgehen
- ☐ Andere: ______________________

Kannst du dich noch daran erinnern, wie und wo du deine große Liebe zum ersten Mal getroffen hast? Was hat diesen Moment für dich so besonders gemacht?

Welches Ereignis in deiner Beziehung hat dir besonders viel bedeutet?

Wie hast du den Übergang von einer Partnerschaft zur eigenen Familie erlebt?

Beruf, Liebe und Familie

Vor welchen Herausforderungen standest du, als du deine eigene Familie gegründet hast, und wie hast du sie gemeistert?

Welche Familienmomente haben dich besonders glücklich gemacht?

Was schätzt du an deiner Familie besonders?

Welche Weisheit über Familie und Liebe möchtest du unbedingt weitergeben?

Beruf, Liebe und Familie

Wenn du heute auf dein Berufs- und Familienleben zurückblickst – welche schönen Momente kommen dir als Erstes in den Sinn?

Beruf, Liebe und Familie

Was möchtest du deinen Liebsten aus deiner Erfahrung zu Beruf, Liebe und Familie noch mit auf den Weg geben?

Dieses Kapitel umfasst viele Momente – wähle ein Foto, das zumindest einen davon symbolisiert.

Beruf, Liebe und Familie

Zeichne, kritzle, skizziere: Alles, was dir dazu einfällt, findet hier seinen Platz:

Inspiration: Arbeitsplatz, Traumberuf, erstes Auto, Hochzeitsmoment, Symbol für Liebe, Kinderporträt, Familienereignis...

Besondere Momente im Leben

Besondere Momente im Leben

Welche Reise oder welcher Ausflug hat dich besonders beeindruckt und warum?

Kannst du dich an ein Erlebnis erinnern, dass du nie vergessen wirst?

„Das Leben wird nicht an den Atemzügen gemessen, sondern an den Momenten, die uns den Atem rauben.“
– Maya Angelou

Gab es einen Moment, der dir gezeigt hat, dass du etwas Großes erreicht hast?

Besondere Momente im Leben

Welche Herausforderung war die schwierigste, die du je bewältigen musstest?

Gibt es eine Entscheidung, die du rückblickend anders treffen würdest?

„Die kostbarsten Momente im Leben erkennt man oft erst im Rückblick – halte sie fest, solange du kannst."

Was war der glücklichste Augenblick deines Lebens?

Gab es ein Erlebnis, das deinen Blick aufs Leben verändert hat?

Besondere Momente im Leben

Was war der überraschendste Moment in deinem Leben?

- ☐ Als ich plötzlich meinen Traumjob bekommen habe
- ☐ Das Gewinnen eines Preises oder einer Auszeichnung
- ☐ Eine zufällige Begegnung, die mein Leben verändert hat
- ☐ Der Moment, als ich erfuhr, dass ich Elternteil werde
- ☐ Andere: ____________________

An welche freundliche Geste erinnerst du dich am liebsten?

- ☐ Ein Fremder hat mir in einer schwierigen Situation geholfen
- ☐ Ein handgeschriebener Brief mit lieben Worten
- ☐ Ein Familienmitglied hat sich speziell für mich eingesetzt
- ☐ Ich habe ein unerwartetes Geschenk bekommen
- ☐ Andere: ____________________

Wann fühlst du dich am entspanntesten?

- ☐ In einem ruhigen Moment in der Natur
- ☐ Nachdem ich eine Aufgabe erledigt habe
- ☐ Während ich Zeit mit meinen Liebsten verbringe
- ☐ Beim Nachdenken über mein Leben
- ☐ Andere: ____________________

Besondere Momente im Leben

Welcher Feiertag oder welches Fest sticht in deiner Erinnerung heraus?

- ☐ Ein Weihnachten aus meiner Kindheit
- ☐ Ein runder Geburtstag
- ☐ Ein Familientreffen
- ☐ Ein Hochzeitstag
- ☐ Andere: ____________________

Wann hast du am lautesten gelacht?

- ☐ Bei einem lustigen Film oder einer Show
- ☐ Während eines Familientreffens
- ☐ Mit Freunden
- ☐ Wegen eines albernen Fehlers, den ich gemacht habe
- ☐ Andere: ____________________

Wann hast du dich am meisten mit dir selbst im Reinen gefühlt?

- ☐ Nach einer langen Wanderung in der Natur
- ☐ Nach einem tiefen Gespräch mit einem Freund
- ☐ Nachdem ich eine schwierige Entscheidung getroffen hatte
- ☐ Nachdem ich etwas Kreatives geschaffen hatte
- ☐ Andere: ____________________

Besondere Momente im Leben

Welche Lektionen hast du aus schwierigen Zeiten gelernt, und wie haben sie dein Leben oder deine Sichtweise verändert? Gab es eine Erkenntnis, die dir bis heute hilft?

Gibt es einen besonderen Erfolg, auf den du gerne zurückblickst?

Welche Menschen haben deine schönsten Erlebnisse mit dir geteilt, und was hat diese gemeinsamen Momente so besonders gemacht?

Besondere Momente im Leben

Welche Dinge im Alltag hast du früher als selbstverständlich angesehen, die du heute besonders schätzt?

Gab es einen Menschen, der plötzlich in dein Leben kam und alles verändert hat?

Welcher Moment hat dich gelehrt, wie stark du wirklich bist?

Gibt es einfache Dinge, die dir immer wieder zeigen, wie wertvoll die kleinen Freuden im Leben sein können?

Besondere Momente im Leben

Wenn du auf dein Leben zurückblickst, gibt es einen Moment, in dem du gespürt hast, dass du genau am richtigen Ort zur richtigen Zeit warst? Beschreibe, was diesen Moment so besonders gemacht hat.

Besondere Momente im Leben

Gab es einen Moment in deinem Leben, in dem du über dich selbst hinausgewachsen bist? Was hat dich dazu bewegt, deine eigenen Grenzen zu überschreiten?

Wähle ein Foto, das einen der besonderen Momente zeigt, die dein Leben geprägt haben.

Besondere Momente im Leben

Zeichne, kritzle, skizziere – Alles, was dir dazu einfällt, findet hier seinen Platz:

Inspiration: Erlebnis, Reise, größter Erfolg, Symbol für Mut, besondere Erinnerung, herausfordernder Moment...

Deine ganz persönlichen Höhepunkte

Deine ganz persönlichen Höhepunkte

Gibt es einen Moment, in dem du gespürt hast, dass sich dein Leben unwiderruflich verändert hat?

Welcher glückliche Moment in deinem Leben zaubert dir bis heute ein Lächeln ins Gesicht?

„Jeder Erfolg ist eine Treppe, die aus Mut, Ausdauer und Träumen gebaut wurde."

Gibt es eine Entscheidung, die du nie bereut hast und die du genauso wieder treffen würdest?

Deine ganz persönlichen Höhepunkte

Welcher Moment in deinem Leben hat dir das größte Gefühl der Erfüllung und des Stolzes gegeben?

Welche Menschen waren bei deinen größten Erfolgen an deiner Seite?

„Erinnerungen sind das, was aus Momenten entsteht, die zu wertvoll sind, um sie zu vergessen."

Welche Entscheidung war die mutigste, die du je getroffen hast?

Hast du einen Ratschlag, der zeigt, was im Leben wirklich wichtig ist?

Deine ganz persönlichen Höhepunkte

Welche persönliche Eigenschaft hat dir im Leben am meisten geholfen?

- ☐ Widerstandsfähigkeit
- ☐ Optimismus
- ☐ Neugier
- ☐ Empathie
- ☐ Andere: ______________________________

Was war ein Wendepunkt, der zu persönlichem Wachstum geführt hat?

- ☐ Ein Misserfolg oder Rückschlag
- ☐ Eine neue Beziehung oder Freundschaft
- ☐ Ein Buch oder ein Ratschlag
- ☐ Eine Veränderung des Umfelds
- ☐ Andere: ______________________________

Wann hast du eine bedeutende Angst überwunden?

- ☐ Als ich zum ersten Mal öffentlich gesprochen habe
- ☐ Als ich alleine gereist bin
- ☐ Als ich den Mut hatte, eine schwierige Person zu konfrontieren
- ☐ Als ich eine neue Aktivität ausprobiert habe
- ☐ Andere: ______________________________

Deine ganz persönlichen Höhepunkte

Wie feierst du persönliche Erfolge?

- ☐ Mit einem ruhigen Moment der Reflexion
- ☐ Indem ich mir etwas Besonderes gönne
- ☐ Indem ich die Neuigkeiten mit meinen Liebsten teile
- ☐ Indem ich neue Ziele setze
- ☐ Andere: ______________________

Welches Hobby bringt dir die meiste Freude?

- ☐ Lesen oder Schreiben
- ☐ Sport oder körperliche Aktivität
- ☐ Zeit mit Familie oder Freunden verbringen
- ☐ Musik oder Auftritte
- ☐ Andere: ______________________

Was hast du später im Leben gelernt, das du früher gerne gewusst hättest?

- ☐ Die Bedeutung von Selbstfürsorge
- ☐ Wie man Finanzen besser verwaltet
- ☐ Wie man effektiv kommuniziert
- ☐ Das Scheitern Teil des Erfolgs ist
- ☐ Andere: ______________________

Deine ganz persönlichen Höhepunkte

Wann hattest du das Gefühl, dass du auf dem richtigen Lebensweg bist? Was hat dir gezeigt, dass deine Entscheidungen dich in die richtige Richtung führen?

Welcher Ratschlag hat dein Denken oder Handeln am meisten geprägt?

Hast du jemals etwas so Verrücktes getan, dass du dich später gefragt hast: War das wirklich ich?

Deine ganz persönlichen Höhepunkte

Welche Veränderung in deinem Leben hat sich zuerst schwierig angefühlt, aber rückblickend als positiv erwiesen?

Was ist die wichtigste Erkenntnis aus deinen Erfolgen, die du anderen mit auf den Weg geben möchtest?

Gab es eine Fähigkeit oder Leidenschaft, die du erst später im Leben für dich entdeckt hast?

Gab es einen Moment, in dem du dich vollkommen frei und unbeschwert gefühlt hast?

Deine ganz persönlichen Höhepunkte

Wenn du einen Brief an dein jüngeres Ich schreiben könntest, was würdest du ihm oder ihr mit auf den Weg geben?

Deine ganz persönlichen Höhepunkte

Welche Erfahrungen oder Erkenntnisse haben dich zu der Person gemacht, die du heute bist?

Wähle ein Bild, das einen Höhepunkt deines Lebens abbildet.

Deine ganz persönlichen Höhepunkte

Zeichne, kritzle, skizziere – Alles, was dir dazu einfällt, findet hier seinen Platz:

Inspiration: Pokal/Medaille, Hobby, Lebensmotto, Symbol für Glück, größter Wunsch, persönliche Errungenschaft...

Heute und ein Blick nach vorn

Heute und ein Blick nach vorn

Was bedeutet dir dein Leben heute und was gibt dir die größte Zufriedenheit?

Welche Werte haben sich in deinem Leben verändert und welche sind gleich geblieben?

„Die beste Zeit, um einen Baum zu pflanzen, war vor 20 Jahren. Die zweitbeste Zeit ist jetzt."
– Chinesisches Sprichwort

Gibt es etwas, das du heute in deinem Alltag bewusst anders machst als früher?

Heute und ein Blick nach vorn

Was sind die nächsten Schritte, die du gehen möchtest, um deine Ziele zu erreichen?

Welcher Wunsch für die Zukunft liegt dir besonders am Herzen, und warum?

„Die Zukunft gehört denen, die an die Schönheit ihrer Träume glauben." – Eleanor Roosevelt

Gibt es eine Veränderung, die du für die Zukunft unbedingt anstrebst?

Wofür möchtest du dir in den nächsten Jahren bewusst Zeit nehmen?

Heute und ein Blick nach vorn

Was ist deine liebste Art, den Tag zu beginnen?

- ☐ Tasse Kaffee oder Tee
- ☐ Sport oder Meditation
- ☐ Zeit mit der Familie
- ☐ Lesen und Entspannen
- ☐ Andere: ______________________________

Wie entspannst du dich nach einem langen Tag?

- ☐ Fernsehen oder Filme schauen
- ☐ Ein Buch lesen
- ☐ Spazieren gehen
- ☐ Musik hören
- ☐ Andere: ______________________________

Wenn du eine neue Fähigkeit lernen könntest, welche wäre es?

- ☐ Eine neue Sprache
- ☐ Ein Musikinstrument
- ☐ Kochen oder Backen
- ☐ Eine Sportart oder körperliche Aktivität
- ☐ Andere: ______________________________

Heute und ein Blick nach vorn

Welche Werte sind dir in deiner Familie besonders wichtig?

- ☐ Ehrlichkeit
- ☐ Zusammenhalt
- ☐ Verantwortung
- ☐ Liebe
- ☐ Andere: ____________________

Wie zufrieden bist du heute rückblickend mit deinem beruflichen Weg?

- ☐ Sehr zufrieden
- ☐ Eher zufrieden
- ☐ Neutral
- ☐ Weniger zufrieden
- ☐ Andere: ____________________

Wie wichtig sind dir materielle Dinge?

- ☐ Sehr wichtig
- ☐ Etwas wichtig
- ☐ Gar nicht wichtig
- ☐ Sind mir wichtig, aber nicht entscheidend
- ☐ Andere: ____________________

Heute und ein Blick nach vorn

Gibt es einen Traum, den du schon lange hast, aber bisher noch nicht verwirklicht hast? Welche Gründe haben dich bisher davon abgehalten, ihn umzusetzen?

Worin möchtest du in Zukunft mehr Zeit investieren – und warum?

Was möchtest du in den kommenden Jahren erleben, was du bisher noch nicht getan hast?

Heute und ein Blick nach vorn

Wenn du ein Buch über dein Leben schreiben würdest, welchen Titel hätte es?

Welche kleinen Schritte kannst du heute unternehmen, um deinen großen Zielen näherzukommen?

Was bedeutet es für dich, ein sinnvolles Leben zu führen?

Gibt es ein Lebensziel, das dich noch antreibt, egal wie weit es entfernt scheint?

Heute und ein Blick nach vorn

Wenn du dein Leben mit all deiner heutigen Erfahrung noch einmal beginnen könntest – welche Wege würdest du wieder gehen, und welche meiden?

Heute und ein Blick nach vorn

Wenn du an das Morgen denkst – welche Hoffnung oder Vision für die Zukunft schenkt dir am meisten Kraft?

Ein Bild, das diesen Abschnitt deines Lebens widerspiegelt.

Heute und ein Blick nach vorn

Zeichne, kritzle, skizziere – Alles, was dir dazu einfällt, findet hier seinen Platz:

Inspiration: Lieblingsplatz, Zukunftstraum, Bucket List, Reiseziel, Selbstporträt, Wunsch für die Zukunft....

Fotos, Gedanken und Notizen

Fotos, Gedanken und Notizen

Manche Erinnerungen lassen sich nicht in Worte fassen. Nutze diese Seiten, um besondere Momente zu skizzieren, kleine Symbole für wichtige Ereignisse zu zeichnen oder einfach zu notieren, was dir am Herzen liegt. Alternativ kannst du auch Fotos einkleben.

Fotos, Gedanken und Notizen

Fotos, Gedanken und Notizen

Gibt es etwas, das du dir selbst in 10 Jahren sagen möchtest?

Gibt es etwas, das du noch loswerden möchtest – ein Wunsch, ein Gedanke oder eine Botschaft an deine Liebsten?

Fotos, Gedanken und Notizen

Haben wir etwas vergessen? Stelle dir selbst drei Fragen, die dir wichtig sind – und beantworte sie.

Frage:

Antwort:

Frage:

Antwort:

Frage:

Antwort:

Fotos, Gedanken und Notizen

Hier hast du Raum für zusätzliche Gedanken oder Notizen.

Fotos, Gedanken und Notizen

Fotos, Gedanken und Notizen

Fotos, Gedanken und Notizen

Du hast es geschafft!

Herzlichen Glückwunsch! Du hast deine Erinnerungen festgehalten – und damit einen Schatz für euch alle geschaffen. Du hast gelacht, nachgedacht oder vielleicht sogar eine Träne verdrückt.

Jetzt liegt es an dir:

Gib dieses Buch zurück an die Person, die es dir geschenkt hat. Vielleicht mit einer kleinen Notiz über das, was dich am meisten berührt hat.

Denn Erinnerungen werden erst dann wirklich wertvoll, wenn wir sie mit denen teilen, die wir lieben. Wer weiß, welche Geschichten noch darauf warten, geschrieben zu werden?

„Das Leben ist ein Buch, und wer nicht reist, liest nur eine Seite davon." – Augustinus von Hippo

Feedback, Anregungen oder Wünsche? Melde dich gerne bei uns!

info@larana-publishing.com

Hat dir das Buch gefallen?

Lass es andere wissen und hilf uns mit einer Rezension auf Amazon.

Wir bedanken uns vom Herzen für deine Unterstützung! ❤

1. Auflage

ISBN Print: 9789403799377

www.larana-publishing.com

Dieses Buch wurde in Übereinstimmung mit den GPSR-Richtlinien der EU zur Sicherheit von Produkten erstellt.

Die Verordnung über die allgemeine Produktsicherheit ist der aktualisierte Rahmen der Europäischen Union, um sicherzustellen, dass alle Verbraucherprodukte, einschließlich Bücher, für Verbraucher sicher sind.

Dieses Buch wurde von CPI books GmbH gedruckt. Der Drucker hat Sicherheitszertifikate für die verwendeten Materialien wie Tinte, Papier und Kleber ausgestellt.

Die Produktkennung ist: 9789403799377

Der Autor ist für den Inhalt des Buches verantwortlich, ist Herausgeber der Werke und trägt die volle Verantwortung dafür.

Das Buch wurde über Bookmundo produziert. Bookmundo ermöglicht es jedem Autor, seine Geschichten über gedruckte Bücher und E-Books und ein breites Vertriebsnetz mit dem Rest der Welt zu teilen.

Bookmundo fungiert als Vermittler bei Sicherheitsfragen und richtet diese an den Drucker/Autor. Sollten Sie Fragen zur Sicherheit des Produkts haben, kontaktieren Sie uns bitte.

Bookmundo
Delftsestraat 33
3013AE Rotterdam
Die Niederlande
info@bookmundo.com

FSC
www.fsc.org
MIX
Papier | Fördert gute Waldnutzung
FSC® C083411

Zeitfracht Medien GmbH
Ferdinand-Jühlke-Straße 7
99095 Erfurt, Deutschland
produktsicherheit@kolibri360.de